AF563568

Vente des Mercredi 14 et Jeudi 15 Mars 1877

SALLE N° 3

OBJETS D'ART

ET

DE CURIOSITÉ

BELLE COLLECTION DE VITRAUX

FAIENCES ITALIENNES ET FRANÇAISES

PORCELAINES DE LA CHINE ET DU JAPON

SCULPTURES, BRONZES, MEUBLES

TAPISSERIES, ÉTOFFES

EXPOSITION PUBLIQUE : le Mardi 13 Mars 1877

DE UNE HEURE A CINQ HEURES.

Me CHARLES PILLET
COMMISSAIRE-PRISEUR,
10, rue de la Grange-Batelière.

M. CHARLES MANNHEIM
EXPERT,
7, rue Saint-Georges.

CATALOGUE

DES

OBJETS D'ART

ET

DE CURIOSITÉ

Faïences italiennes et de Delft; Faïences françaises des fabriques de Nevers, Rouen, Marseille, Moustiers, etc.; Grands Poëles en faïence allemande;

BELLE COLLECTION DE VITRAUX DES XVe, XVIe ET XVIIe SIÈCLES;

Belles Potiches, Grands Vases, Flacons, Plats, Assiettes,

EN ANCIENNE PORCELAINE DE LA CHINE ET DU JAPON;

Bronzes, Cabinets incrustés d'ivoire; Grandes Glaces avec cadres en bois sculpté et doré;

Mortiers en porphyre rouge oriental;

Sculptures en marbre en terre cuite et en ivoire;

Meubles de salons en bois sculpté couverts en damas et en tapisserie au point;

Belles Étoffes anciennes; Tapisseries.

DONT LA VENTE AURA LIEU

HOTEL DROUOT, SALLE N° 3

Les Mercredi 14 et Jeudi 15 Mars 1877,

A DEUX HEURES.

Par le ministère de Me CHARLES PILLET, Commissaire-Priseur, 10, rue de la Grange-Batelière;

Assisté de M. CHARLES MANNHEIM, Expert, 7, rue Saint-Georges,

Chez lesquels se trouve le présent catalogue.

Exposition Publique, le Mardi 13 Mars 1877,

DE UNE HEURE A CINQ HEURES.

CONDITIONS DE LA VENTE

Elle sera faite au comptant.

Les adjudicataires payeront CINQ POUR CENT en sus des enchères.

L'Exposition mettant le public à même de se rendre compte de l'état des objets, il ne sera admis aucune réclamation une fois l'adjudication prononcée.

Paris. — Typ. PILLET et DUMOULIN, 5, rue des Grands-Augustins

DÉSIGNATION DES OBJETS

VITRAUX

1 — Neuf grands vitraux du XIVe siècle, à sujets bibliques sur fond d'architecture.

2 — Vitrail du XIVe siècle, en grisaille, représentant la Naissance du Christ, avec inscription de l'époque.

3 — Vitrail du XIIIe siècle, représentant saint Pierre et sainte Catherine.

4 — Deux vitraux très-fins et de belle composition. Datés de 1612.

5 — Beau vitrail avec armoiries et saints personnages. Daté de 1644.

6-21 — Trente vitraux suisses anciens, représentant des guerriers, des armoiries, des sujets de batailles, etc. Ce lot sera divisé.

22-46 — Cinquante vitraux anciens, sujets divers en grisaille et en couleur, quelques-uns fleurdelisés.

FAIENCES ITALIENNES

47 — Fabrique d'Urbino. — Petite coupe ronde décorée de figures d'amours jouant avec un chien.

48 — Même fabrique. — Plat rond, décoré du sujet de l'Enlèvement d'Europe.

49 — Même fabrique. — Coupe d'accouchée, décorée de grotesques sur fond blanc et d'une figure de Vierge à l'intérieur.

50 — Fabrique de Pesaro. — Plat rond décoré d'un buste de femme et portant une inscription.

51 — Faïence italienne. — Plateau carré à décor à reflets métalliques et portant au revers un écusson armorié.

FAIENCES FRANÇAISES

52 — Fabrique de Bernard Palissy. — Plat rond représentant le sujet de Persée délivrant Andromède.

53 — Faïence de Nevers. — Très-grand plat rond à décor de fleurs et imbrications en camaïeu bleu.

54 — Même faïence. — Plat rond décoré d'arbustes au centre, et de fleurs et d'ornements au Marly.

55 — Même faïence. — Bassin oblong à anses mascarons en relief et décor bleu de style chinois.

56 — Faïence de Rouen. — Grand plat rond à rosace et ornements en camaïeu bleu.

57 — Même faïence. — Autre grand et joli plat à corbeille de fleurs, ornements et draperies en camaïeu bleu.

58 — Même faïence. — Plat rond à bords festonnés, décor polychrome à fleurs.

59 — Même faïence. — Plateau rond, décor polychrome à devises et attributs de style chinois.

60 — Même faïence. — Plateau oblong à deux anses, décor polychrome à cornets de fleurs et haies.

61 — Même faïence. — Plat oblong à décor polychrome, à fleurs et ornements.

62 — Même faïence. — Plat rond à contours, décor polychrome à fleurs.

63 — Même fabrique. — Cuvette à angles coupés, décor polychrome à fleurs et ornements.

64 — Même fabrique. — Deux assiettes décor polychrome. Fleurs et oiseaux.

65 — Même faïence. — Jolie assiette à décor bleu, à festons de fleurs et ornements.

66 — Même faïence. — Assiette analogue à celle qui précède, avec armoiries.

67 — Faïence de Sinceny. — Jolie assiette à pans, décor polychrome à festons de fleurs, ornements et corbeille de fleurs.

68 — Même faïence. — Assiette décor polychrome ; au centre, paysage avec kiosques chinois ; au bord, fleurs sur fond bleu.

69 — Même faïence. — Assiette décor polychrome, à paysage et figures de style chinois.

70 — Daubière en faïence, en forme de musette.

71 — Faïence de Niderviller.—Assiette décor polychrome à paysage avec figure dans le style de Teniers.

72 — Même faïence. — Deux assiettes décorées de paysages avec figures en camaïeu rouge.

73 — Même faïence. — Assiette décorée d'un bouquet de fleurs au centre et à bords dorés.

74 — Même faïence. — Compotier décoré de fleurs.

75 — Faïence de Marseille. — Assiette, décor polychrome à médaillon marine.

76 — Même faïence. — Deux assiettes décor polychrome à fleurs.

77 — Même faïence. — Deux assiettes analologue à bord vert.

78 — Même faïence. — Assiette décorée de fleurs en camaïeu vert.

79 — Même faïence. — Assiette et compotier, décor polychrome à paysages.

80 — Même faïence. — Assiette, décor polychrome, à paysage et marine.

81 — Même faïence. — Deux jolies assiettes, décor polychrome à fleurs et oiseaux.

82 — Même faïence. — Théière décor polychrome à fleurs.

83 — Même faïence. — Verrière décorée de fleurs.

84 — Même faïence. — Porte-huilier à gravures découpées à jour.

85 — Faïence de Moustiers. — Deux belles assiettes décor polychrome, à sujets mythologiques. L'une d'elles porte au revers : P. M. *fecit.* 1756.

86 — Même faïence. — Grand Plat oblong, décor polychrome à fleurs, ornements et fleurs.

87 — Fabrique de Moustiers. — Deux grands plateaux ronds à contours, décor polychrome dans le style de Callot.

88 — Même fabrique. — Plateau analogue à celui qui précède à décor en camaïeu vert.

89 — Même fabrique. — Six assiettes décorées de figures de Chinois et de fleurs en camaïeu jaune.

90 — Même fabrique. — Quinze assiettes à décor fleurs et d'oiseaux en camaïeu vert.

91 — Faïence de Delft. — Flacon à thé carré, à décor bleu à figures.

92 — Même faïence. — Deux plaques à décor bleu à figures.

93 — Même fabrique. — Plat rond à décor bleu à rosace et bouquets.

94 — Faïence allemande. — Grand poêle à festons en re-

lief sur fond blanc, médaillon, buste et vase à têtes de béliers.

95 — Même fabrique. — Grand poële, décor ploychrome à figures, sujets de chasse et portant des inscriptions:

96 — Même fabrique. — Autre grand poële de forme rocaille à fond noir et décors d'or imitant les laques du Japon. Époque Louis XV.

97 — Fabrique de Delft. — Trois tableaux composés de carreaux, décorés en camaïeu bleu et représentant des figures de guerriers.

98 — Même fabrique. — Autre tableau en carreaux représentant des fleurs.

99 — Quatre bustes, grandeur nature, représentant les Saisons et accompagnés de quatre consoles, le tout émaillé brun marbré.

100 — Poule-dinde en faïence à décor violet et à couvercle mobile.

101-102 — Cinq volatiles de même style.

103-104 — Sept porte-huiliers de diverses faïences et de décors variés.

105 — Deux salières en faïence italienne.

106 — Grand plat en faïence allemande à décor de fleurs et oiseaux en camaïeu bleu.

107 — Faïence allemande. — Cinq corbeilles rondes ou ovales à décor polychrome à fleurs et fleurettes en relief.

108 — Faïence de Strasbourg. — Deux écuelles à anses et décors de fleurs.

PORCELAINES DE CHINE

ET DU JAPON

109 — Grand et beau vase en forme de potiche en ancienne porcelaine de Chine, fond carmin et médaillons de formes variées contenant des figures dans des paysages et des oiseaux émaillés en couleurs.

110 — Deux grandes potiches à couvercle en ancienne porcelaine du Japon, décorées de fleurs et d'oiseaux en couleur et or.

111 — Belle potiche avec couvercle en ancienne porcelaine du Japon, décorée de fleurs sur fond bleu et à médaillons, chimères et fleurs.

112-113 — Quatre potiches en ancienne porcelaine du Japon, à décor en bleu, rouge et or. Elles seront vendues par deux.

114 — Autre potiche à couvercle en ancienne porcelaine du Japon, à décor en bleu, rouge et or.

115 — Potiche sans couvercle en ancienne porcelaine de Chine, décorée de fleurs arabesques en émaux de la famille verte.

116 — Autre potiche de même porcelaine, décorée de fleurs analogues.

117 — Potiche analogue à celle qui précède mais plus petite.

118 — Vase ou potiche à pans en vieux Chine, décor d'or sur fond bleu.

119-121 — Quatre potiches en vieux Japon à décors variés.

122 — Deux petites potiches en vieux Chine, décorées de fleurs et de chimères émaillées vert et rouge.

123-124 — Quatre vases ou potiches en ancienne porcelaine de Chine, décorés de fleurs et d'oiseaux en émaux de la famille rose.

125-126 — Quatre petites potiches décorées de lambrequins bleus.

127 — Deux potiches en vieux Chine, à bandes verticales émaillées de couleurs variées.

128 — Petite potiche en vieux Chine, décorée de compartiments de fleurs décorées en émaux de la famille verte.

129-133 — Dix petites potiches en vieux Chine, décorées de fleurs, d'oiseaux et de chimères en rouge et vert. Ce lot sera divisé.

134 — Deux flacons carrés en vieux Chine, décorés de fleurs sur fond vert foncé couvert d'arabesques.

135 — Sucrier de même porcelaine et décor.

136 — Sucrier analogue à celui qui précède, mais plus petit.

137 — Figure de divinité assise, tenant un enfant sur ses genoux, en ancienne porcelaine blanche de la Chine.

138 — Rocher avec figures, temple et animaux. Groupe en ancienne porcelaine blanche de la Chine.

139-140 — Quatre potiches en vieux Chine, décorées de fleurs arabesques bleues.

141 — Deux autres potiches à décor bleu.

142 — Buire en ancienne porcelaine de Chine, décorée de fleurs et d'ornements en émaux de la famille rose.

143 — Jardinière de forme conique en vieux Chine, décorée de fleurs en camaïeu bleu.

144-145 — Six paires de flacons à décors variés dont deux garnis en argent.

146-165 — Quantité de plats et d'assiettes en ancienne porcelaine de Chine, du Japon ou de l'Inde qui seront vendus par lots.

166-169 — Environ vingt-cinq petits bols variés de décors.

SCULPTURES

170 — Marbre blanc. — Deux jolies figures d'anges, grandeur nature. Travail ancien.

171 — Marbre blanc. — Enfant couché et endormi sur un dauphin. Époque Louis XV.

172 — Marbre blanc. — Buste de jeune fille, grandeur nature par Casoni. — La Rieuse.

173 — Terre cuite. — Les quatre parties du monde représentées par des figures d'enfants debout.

174 — Terre cuite. — Deux figures debout. — Enfant vendangeur et joueur de musette.

175 + Porphyre rouge oriental. — Trois mortiers de dimensions variées. Ils seront vendus séparément.

176 — Jaspe rouge de Sicile. — Petit vase à anses carrées prises dans la masse.

177 — Jaspe de Sicile. — Deux pièces : Balustre et godet taillés à pans.

178 — Marbre rouge antique. — Deux vases, forme Médicis à anses à mascarons sculptés, sur socles de même matière.

179 — Albâtre. — Petit bas-relief carré : le Triomphe d'Ariane.

180 — Ivoire. — Couvercle sculpté en haut-relief et représentant des jeux d'enfants ; XVIIe siècle.

181 — Ivoire. — Deux petits bas-reliefs ; l'un d'eux représente Jupiter et Léda et l'autre des jeux d'enfants.

182 — Ivoire. — Petit autel orné de colonnettes en cristal de roche et d'une statuette de Vierge en ivoire.

183 — Ivoire. — Socle en ébène orné de bustes en ivoire sculpté et composé de mascarons et de groupes de fruits.

184 — Cire peinte. — Deux hauts-reliefs représentant une femme nourrissant son enfant et un vigneron.

185 — Cire blanche. — Haut-relief représentant Jésus-Christ conduit devant Pilate.

186 — Cire peinte. — Deux bustes en bas-relief représentant des personnages en costume du temps de Louis XV.

187 — Bois. — Deux médaillons ronds représentant des scènes tirées de l'histoire d'Hercule, sculptés en bas-relief.

188 — Ivoire. — Fragments d'un coffre sculptés en bas-relief. Travail indien ancien.

OBJETS VARIÉS

189 — Plateau rond en émail de Chine, décoré d'un médaillon de paysage et à bordure à fond jaune.

190 — Diverses pièces en émail de Chine, qui seront vendues par lots.

191 — Deux tapis de selle en cuir, à figures et ornements en relief, et bandes brodées en soie sur fond d'argent.

192 — Manteau en peau, à bandes décorées de figures et d'ornements en relief. Travail mexicain.

193 — Costume d'Indien apache, avec carquois garni de flèches.

194 — Quantité d'oiseaux exécutés en plumes et appliqués sur bristol.

195 — Diverses figures en pierre de lard. Travail chinois.

196 — Aiguière et son bassin, en cuivre repoussé, à ornements et armoiries.

197 — Fragment de bouclier oriental, en damas damasquiné d'or.

198 — Petit groupe en porcelaine tendre : Diane, accompagnée de son chien.

199 — Plaque en mosaïque de Florence, dessin à rinceaux.

BRONZES

200 — Grande garniture de cheminée en bronze doré et porcelaine gros bleu. Elle se compose d'une pendule en forme de vase, et de deux grands candélabres à bouquets de lis.

201 — Deux petits chenets, modèle rocaille, à figures en costumes Watteau.

202 — Pendule en bronze et marbre, surmontée d'une figure de Vénus.

203 — Guéridon formé d'un plateau en porcelaine moderne de la Chine, sur pied en bronze, orné d'un balustre en porcelaine.

MEUBLES

204 — Grand cabinet fermant à deux portes, plaqué d'ébène et incrusté d'ivoire, XVIIe siècle.

205 — Autre cabinet de même travail; celui-ci n'a pas de portes. Même époque.

206 — Grand coffre rectangulaire à bandes, et écoinçons incrustés d'ivoire à fleurs et fruits.

207 — Coffre analogue à celui qui précède, mais plus petit.

208-210 — Trois cabinets incrustés de filets d'ivoire.

211 — Meuble laqué rouge, à décor d'or, fermant à deux portes, et contenant quantité de tiroirs.

212 — Grand coffre bombé en marqueterie de bois à fleurs et rinceaux, et portant le double aigle de l'Empire.

213 — Beau cadre en bois sculpté, entièrement composé de jeux d'enfants. Travail italien ancien.

214 — Bahut en bois sculpté à deux corps.

215 — Deux fauteuils.

216 — Meuble en bois sculpté, peint en blanc et rehaussé d'or, couvert en damas de soie rouge. Il se compose d'un divan, d'un canapé, six fauteuils, une chaise, deux coussins et un écran. Époque Louis XV.

217 — Trois consoles en bois sculpté, peint en blanc et rehaussé d'or, à dessus de marbre. Époque Louis XV.

218 — Meuble Louis XVI en bois doré, à médaillons ovales, et couvert en tapisserie au point, à fleurs. Il se compose d'un canapé, six fauteuils et deux chaises.

219 — Petite commode en bois de placage, garnie de bronzes. Époque Louis XV.

220 — Meuble de chambre à coucher en bois doré, couvert en damas de soie bleue. Il se compose de : un lit avec ses rideaux, un canapé, quatre fauteuils et quatre chaises. Époque Louis XV.

ÉTOFFES & TAPISSERIES

221 — Tapisserie, verdure enrichie d'oiseaux.

222 — Autre tapisserie à dessin analogue à celle qui précède.

223 — Tapis de table en soie rouge ponceau, richement brodé à fleurs et insectes. Travail chinois.

224 — Joli tapis de table en soie jaune d'or clair, richement brodé en soies de couleurs à fleurs et ornements, garni d'une frange. Travail chinois.

225-227 — Trois grands couvre-lits ou tapis de table en satin rouge, décorés de figures, de fleurs et d'attributs, peints en couleurs. Travail chinois.

228 — Beau tapis de table en soie jaune d'or, richement brodé à fleurs en soies de couleurs et garni d'une frange. Travail chinois.

229 — Autre tapis de table en soie bleu d'eau, brodé à fleurs en soies de couleurs et garni d'une frange.

230 — Tapis analogue à celui qui précède, en soie jaune clair, brodé à fleurs et ornements.

231 — Couvre-lit en toile blanche, décoré de fleurs bordées en couleurs.

232 — Autre couvre-lit en coton blanc, brodé à animaux et fleurs.

233 — Tapis de table brodé à fleurs sur fond brun.

234 — Tapis de même travail.

235 — Coupon d'étoffe blanche moirée à fleurs brochées en or.

236 — Tenture en soie cramoisie peinte.

RED. :

19

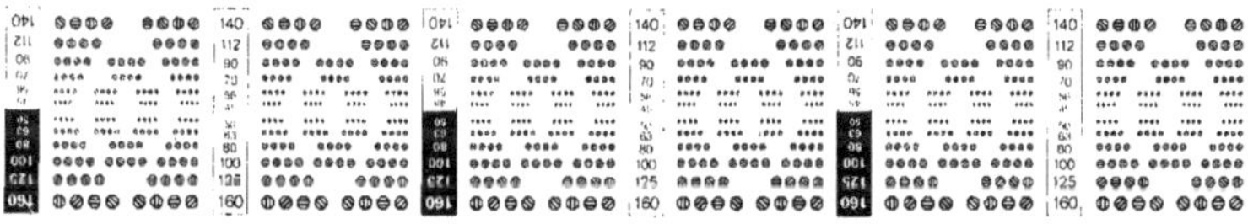

www.ingramcontent.com/pod-product-compliance
Lightning Source LLC
LaVergne TN
LVHW010253230826
846091LV00007B/2946

* 9 7 8 2 3 2 9 6 3 7 7 3 0 *